뉴질랜드에서 온
러브레터

LOVE LETTERS FROM NEWZEALAND
ESSAYS & PHOTOGRAPHS BY KIM IN-JA

뉴질랜드에서 온
러브레터

사랑과 이별의 아포리즘 99가지와
우편함이 있는 풍경

김인자 글·사진

눈빛

김인자(金仁子) 강원도 삼척에서 출생.

경인일보 신춘문예 '시' 부문 당선, '현대시학' 신인상으로 등단.

1990년대 초, 유럽을 시작으로 아시아, 오세아니아, 아프리카, 남미,

중동 등 100여 개국 이상 여행했다. 저서로는 시집 「겨울 판화」

「나는 열고 싶다」「상어 떼와 놀던 어린 시절」「슬픈 농담」이 있고,

산문집으로 「그대, 마르지 않는 사랑」「세상에서 가장 아름다운 선물」

여행서로 「마음의 고향을 찾아가는 여행, 포구」「풍경 속을 걷는

즐거움, 명상산책」「걸어서 히말라야」「아프리카 트럭여행」

「남해기행」「사색기행」「나는 캠퍼밴 타고 뉴질랜드 여행한다」

등이 있다.

뉴질랜드에서 온
러브레터

사랑과 이별의 아포리즘 99가지와
우편함이 있는 풍경

김인자 글·사진

초판 1쇄 발행일 — 2009년 12월 7일

발행인 — 이규상

편집인 — 안미숙

발행처 — 눈빛출판사

　　　　　　서울시 마포구 상암동 1653 이안상암2단지 506호

　　　　　　전화 336-2167 팩스 324-8273

등록번호 — 제1-839호

등록일 — 1988년 11월 16일

편집 — 정계화·성윤미

인쇄 — 예림인쇄

제책 — 일광문화사

값 12,000원

ISBN 978-89-7409-944-2　　03800

프롤로그

회상해 보니,
날마다 한 사람에게 편지를 쓰고 답장을 기다리던 그때가
가장 아름다운 시절이었다.

1

시도 때도 없이 브레이크를 밟게 한 것들,

엽서를 매만지게 했던 것들,

잊었던 주소를 기억하게 했던 것들,

허전한 옆구리를 찌르게 했던 것들.

2

"네가 오후 네 시에 온다면 난 세 시부터 행복해지기 시작할 거야."
어린왕자가 내게 속삭여 준 최고의 말.

*

"네가 원하는 걸 해, 그것이 곧 신의 뜻이야."
난 조르바가 맘에 들어.

3

아주 사소한 일에 화가 나 견딜 수 없을 때, 그때가 가장 타오르는 때이다.

*

언애라는 단어 속에 내재된 불멸을 나는 한 번도 의심해 본 적이 없다.

4

다 아는 걸 신비감으로 가득 차게 하는 것이 사랑의 속성이다.

*

당신은 너무 오래 떠나 있었고, 나는 너무 오래 당신을 꿈꾸었다.

5

밤하늘의 별이 오래전에 출발한 빛이듯, 당신이 나를 향해 출발한 시간 역시
수억만 년 전이겠지.

6

요약하면 한 줄이다. 태어나서 가장 잘한 일은 당신을 만난 것이고,
태어나서 가장 잘못한 일 또한 당신을 만난 것.

7

사랑을 이야기하면 사랑하게 된다. -베넘

*

긴 기다림 뒤에 필요한 건 한순간의 마법,
사랑은 뛰어내리든가 날아오르든가 둘 중 하나다.

8

여행이 일상의 속도를 버리는 일이라면 사랑은 일상의 속도를 앞지르는 것.

9

우리의 상상력은 점 하나로 시작되어 세상의 모든 페이지로 확장되었다.

10

귀머거리도 사랑한다는 말은 알아듣는다.

*

대못처럼 녹슬어 안 삭을 테야, 장도리로 젖혀도 꿈쩍 안 할 테야,

그렇게 붙어 버릴 테야.

11

함께 있지만, 때론 가장 먼 것이 몸과 마음의 거리라고 정의한 후에도
가끔 우리는 낯선 곳에서 함께 눈을 뜨곤 했지. 설명할 수 없는 침묵과
방황을 긍정하는 마음이 필요했던 그때.

12

좋은 것에는 이유가 없듯 미운 것에도 이유가 없지. 저녁 담 긴 그림자,
배경으로 묻힐 영혼의 판화 한 점.

13

기억하고 있을까. 인도에서 다섯 번 정도 빨래를 함께했을 때,
우리의 옷은 검은색도 흰색도 아닌 중간색으로 통일되었지.

14

이유가 없었다. 그냥 좋고, 그냥 행복하고, 그냥 웃음이 나오고, 그냥 눈물이 흘렀다.

*

나도 옳고 세상도 옳다. 그러나 당신은 더욱 옳다. 아니 가장 옳다.

15

아직도 지구 끝에서 겉봉에 주소를 적으며 염려한다.

이 편지가 제대로 전달될 수 있을까를.

16

이유가 분명했다.

바위 같은 침묵과 날마다 나를 바래다 주고 골목 끝으로 멀어져 가던

믿음직한 그의 등 때문이었다.

*

그랬었지, 오래전부터 한 영혼이었다는 걸 온몸으로 동의하면서

나날이 지극해졌지.

17

나보다 더 나이 들어 보이는 자전거 한 대가 낙서 투성이인 담벼락에 기대 있었지.
자전거를 보는데 왜 네 생각이 났을까. 자전거에 몸을 싣고 바람의 속도로 달려오던
추억 때문이었을까. 잊지 않았겠지. 편지를 기다리는 동안 꾸었던
그 많은 꿈의 편린들.

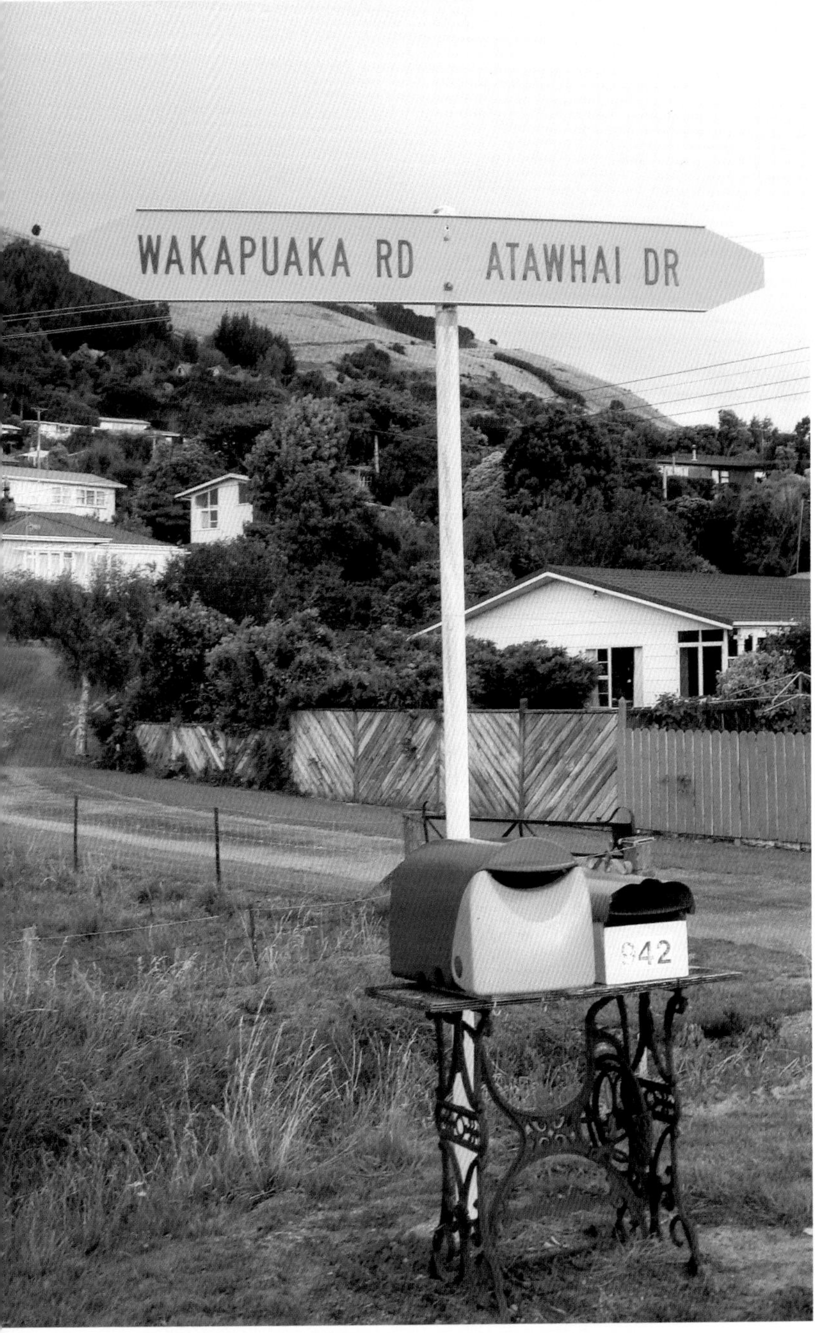
WAKAPUAKA RD
ATAWHAI DR
942

18

집을 떠나 겸손을 요구하는 생활이 4주 정도 지난 후에야 깨달았다.

만약 무엇을 하길 원한다면 지금이 가장 좋은 때란 걸.

19

느림을 택한 이유는 간단해.

때론 먼지의 몸짓과 침묵까지도 놓치고 싶지 않을 때가 있거든.

20

순례란 길을 찾는 것이 아니라 길을 잃는 것.
어리석어라. 늘 앞과 위를 향해 가면서도 뒤를 포기 못했으니.

21

여행은 새로운 무엇을 만나는 것이 아니라, 다 알지만 잊고 있던 것을 재인식하는 것.
사랑도 이와 같을까.

22

보고 싶은 사람이 있고 떠나고 싶은 로망이 있다면,
아무도 그리워 않거나 아무 일 하지 않는 것 역시 로망이지.
빈 엽서를 보낼 수밖에 없는 날 이해한다고 말해 주다니.

23

부풀대로 부푼 과장의 시기가 끝나면 지긋해지는 순간이 찾아오지.
사랑은 진실과 거짓의 과정이 경과된 후 찾아오는
묵직한 그 무엇이다.

24

착하고 순한 시간들이 흘러간 후 의지한다는 것은 믿는다는 것이고,
가까이 내려놓는 일임을 알겠다.

*

내 안에는 나만 있을까. 당신 안에는 당신만 있을까.

25

풍경 하나가 내게로 왔다.

노을이 오고 바람이 오고 아릿한 그리움도 함께 왔다.

넓은 들판에 나무 두 그루와 노을, 먼 곳을 달려온 사진 한 장이 삔 왼팔의 통증을 무화시키는

이 물리적 현상을 나는 설명할 길이 없다.

26

슬픈 척만으로 슬퍼지지는 않는다.
혼자 있으면서 누구와 마주 앉아 있듯 웃거나 운다면 그건
틀림없는 연애의 증거다.

27

책장을 펼치자 꽃잎이 쏟아진다.

그랬었지, 계절마다 꽃편지를 보냈더랬지. 순정을 간직한 들꽃 같은 편지를.

지독하게 가난했던 내가 줄 수 있는 최상의 선물이었지.

그땐 그랬지.

28

지워진 이름 위에 봄이 왔네, 무수히 만났으므로 한 번도 만난 적 없는 당신을 마중하네.

*

사랑은 목숨을 내놓을 수는 있어도 목숨을 요구할 수는 없는 것인가.

29

당신의 친구가 당신에게 꿀벌처럼 달더라도 전부 핥아먹어서는 안 된다. -탈무드

30

자유를 원한다면 길을 떠나라. 더 이상 자유를 원하지 않을 때 사랑하라.

과거나 미래는 없다. 오직 현재만이 사랑이다. 혼자지만 혼자가 아닌 순간들,

둘이었으나 혼자인 순간들.

31

대책 없이 미안해지고, 모두에게 용서라는 이름으로 무릎을 꿇고 싶은 날.

그가 다시 돌아온 날.

32

만개한 꽃은 순간에 시들고 연애 또한 짧기 그지없다는데

나는 한 사람을 읽는 데 평생이 걸렸다.

33

여행과 편지의 공통점은 뜨내기로 살다가 언젠가는 주인을 찾아간다는 것.

*

저 풍경에 무슨 파멸, 적의, 분노 같은 단어가 존재할까.

시간이 지나면 더욱 선명해질 무늬 하나, 지금은 바람의 주소를 가진

편지통이 나를 읽고 있다.

34

무슨 말을 더 보태리, 산다는 게 죄다 꽃피우는 것이거늘,
지상에 사랑보다 아름답고 뜨거운 것은 없다.
사랑만이 꽃이 된다.

35

멀리 떠나고 싶을 때가 있는가 하면, 먼 곳에서 돌아오고 싶을 때도 있다.

일상에서 멀어지는 것이 여행이라면

먼 곳에서 되돌아오는 길도 여행이다.

36

사랑은 빛과 타이밍, 그대는 내 생애 마지막 남은 깜빡거리는 잔량의 배터리,

방전 직전에 누른 단 한 컷의 사진.

37

겨울이 가고 봄 오자 마구 쳐들어 온 것들. 진달래개나리목련벚꽃철쭉라일락아카시아꽃이팝꽃이
혁명처럼 계엄군처럼 밀려오고 있다. 한때 내 사랑도 저 미친 속도,
막무가내의 밀물이었다.

38

깊은 밤 침대를 박차고 일어나 눈꺼풀을 들어 올려야 하는 이유는 무한했지.

삼류소설에서 제일 먼저 배운 건 애인이 생기면 먼 나라로 야반도주를 하거나 무인도에 가면

다시는 돌아오지 말자고 손을 거는 것, 허황된 절망까지도 긍정하는 것.

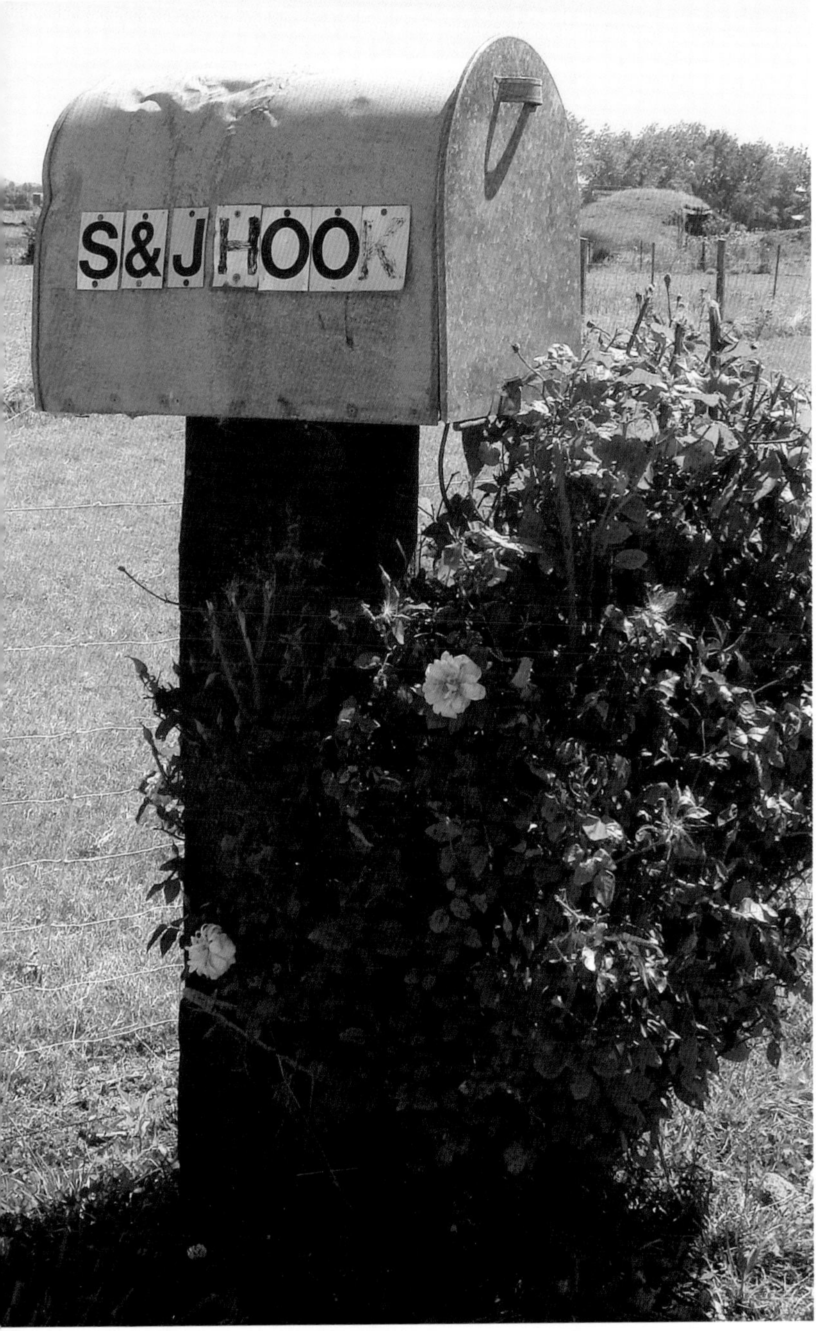
S&J HOOK

39

떨어지는 꽃잎에게 물어보지 않아도 안다. 지금 가장 눈부신 것은 바닥이다.
꽃이 아니면 누군들 감히 바닥을 눈부시다 할 수 있으리.

*

전조였겠지. 침묵이 흐르고 꼴깍 마른 침 삼킬 때 전율로 소용돌이쳐 온 것.

40

열심히 살아 줘서 고마워, 곁에 있어 줘서 고마워,
아프고 괴롭겠지만 그렇지 않다고 말해 줘서 고마워, 모서리를 둥글다 말해 줘서,
여전히 뭔가를 갈망해 줘서 고마워, 즐겁게 기다려 줘서 고마워, 고마워.

41

만약 그대가 지금의 현실에 만족한다 해도 여행이 사족이 되는 일은 없을 것이다.

사랑도 마찬가지.

42

여행 중에도 여행을 그리워하듯 사랑 중에도 사랑을 갈망하는 것이 인간이다.

*

끝장인 줄 알면서도 날아가 그 덫에 안기고 마는 것이 사랑이다.

43

구해서 얻은 사랑은 좋은 것이다. 그러나 구하지 않고 얻은 것은 더욱 좋다. -셰익스피어

44

귀를 기울이고 눈을 크게 떠야만 듣거나 볼 수 있는 건 아니다. 이른 아침이나 늦은 저녁엔 아무리 멀리 있어도 잘 보이고 잘 들린다.

45

사랑을 얻고 싶다면 눈으로 구하고, 사랑을 지속하고 싶다면 마음으로 다가가라.

그러나 사랑을 식게 하려면 입으로 떠들어라.

46

바람이 아니어도 볼 수 있었을까. 그러나 바람이 아니어도 듣고 만지고 속삭였을 것.

*

혼자 있어도 충만할 때는 그를 위해 완전해지고 싶다는 열망으로

가득 찰 때이다.

47

사랑이란 자기희생이다. 이것은 우연에 의존하지 않은 유일한 행복이다. -톨스토이

48

갑당할 수 없을 만큼 사람에 시달릴 때가 있는가 하면, 목이 타도록 사람이 그리울 때도 있다.
사랑도 우정도 적당한 거리를 유지한다는 건 살아내는 일만큼 벅찬 숙제다.

49

세상을 바꾸는 법, 그대 안에 내가 있듯이 내 안에 그가 있다고 믿는 것.

*

그날, 그 시간, 그 장소, 어쩌자고 난 그곳에 갔으며, 당신은 그곳에 있었을까.

50

열망은 한시적이다. 어떤 격랑도 늘 같은 수위로 흔들릴 수는 없다.
차가운 것은 뜨거울 수 있고, 뜨거운 것은 식는다.

51

걷다가 만났고, 걷다가 헤어졌다.
사랑이 떠났음에도 여전히 세상이 존재한다는 건
실로 기적에 가깝다.

52

쓸모없는 살이 옆구리에 붙고, 쓸모없는 생각이 영혼에 붙을 때,
너무 멀리 떨어져 있다는 아득한 현실조차 잊고 싶다.

For
Sale

53

새 신발처럼 불편하다가 낡은 신발처럼 익숙해지는 것이 이별이다. 또한 확신한다.
많이 웃는 사람보다 많이 우는 사람이 더 사랑한 사람이란 걸.

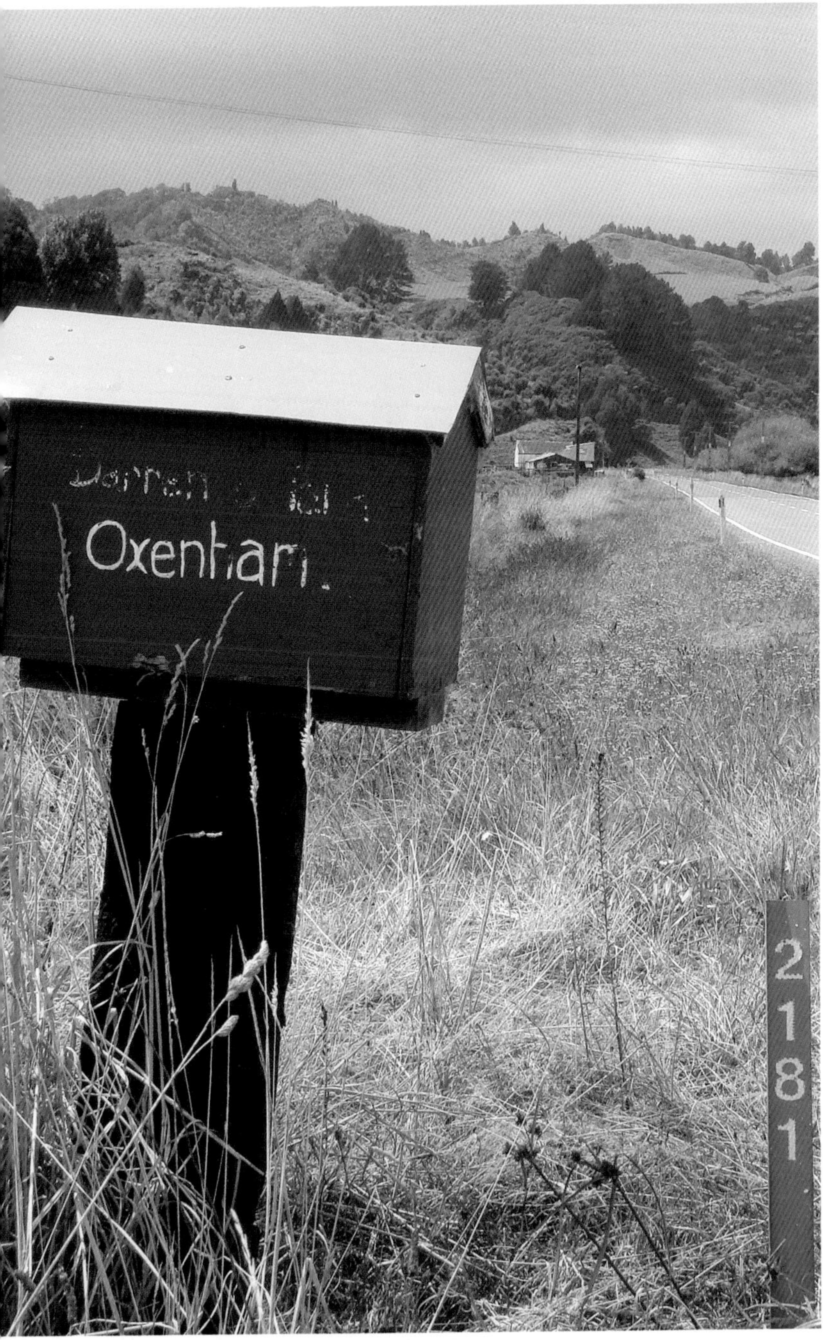
Oxenham
2181

54

몹쓸 지향이다. 아무리 달려가 손을 내밀어도 닿지 않는다. 가뭇없다.

*

5학년 1반 칠판에 몰래 써놓고 도망간 삐뚤빼뚤한 글씨처럼

생각과 사물이 명료해지는 달 11월.

잘 익은 체리를 원했으나 덜 익은 자두처럼 신 것,

그게 연애라고?

55

아무것도 할 수 없는 날들이 흘러가고 있다.
무엇이든 가능한 나날도 함께 흘러가고 있다.

56

나는 맑은 월요일과 비 오는 수요일 아침이 좋은데 너는?

*

진실과 거짓의 경계를 분별할 수 있는 현명함이 남아 있지 않더라도

이미 시작한 일이라면 포기하지 않는 것이 최상이다.

57

뜨겁지 않았다면 외로울 까닭도 없으리라.

그대를 도망쳐 이 먼 곳까지 와서 내가 하는 일이란

그대를 그리워하는 것.

58

무작정 믿거나 저주는 것은 옳지 않다고 배웠다.

작별은 씹다 뱉은 껌이나 동전지갑을 잃는 것과는 다르니까.

59

여행과 사랑으로부터 배운 것이 있다면 홀로 가는 것과 평등과 낮고 천한 것,

그리고 귀한 것.

60

이젠 귀도 눈도 등도 가렵지 않다. 떠난 사람에게 집착하는 건
과월호 잡지만큼이나 쓸모없는 짓이다.

61

마음이 마음 아닌 날, 꽃은 어쩌라고 저리 피어서 마음을 어지럽히는지.

*

세 가지 기쁨

피곤에 지친 잠이 고갯마루를 오를 때

노동 뒤 따뜻한 욕조에서 몸을 녹일 때

편지함에서 그의 이름을 발견할 때

62

그가 가장 싫어하는 것 다섯 중에 강아지와 고양이가 있었는데, 그 먼 땅에서
고양이 두 마리와 살고 있다는 소식은 가슴에 대못이 박힌 듯 아프네.

63

놓친 버스가 눈앞에서 사라지는 걸 바라보는

적어도 그 순간만은 어떤 반전도 생각할 수 없듯, 허망과 절망으로 점철된 삶일지라도

그대가 나를 경유했다는 것이 위로라면 위로인….

64

소리 내어 외롭다 말하지 말 것. 아프다 엄살 피우지 말 것. 지금 그대로를 바라볼 것.
상처에 연연하지 말 것.

65

왜 슬픔을 먹고 자란 나무가 더 푸르고 튼실한지 조금은 알 것 같다.

*

사랑하지 않는 척하는 것이 사랑하는 것이다.

66

아프더라도 오늘 하루만 아프렴. 내일은 다시 너를 미워할 수 있도록,
미움의 힘으로 견딜 수 있도록.

*

사랑은 힘이 세다. 지금 이 순간의 고통은 내 손가락을 내가 자르고
내 눈을 내가 찌르는 것이 아니라 그대를 향해 달려가는 마음이
메마르거나 멈추지 않게 하는 것.

67

오르막에 비해 내리막이, 갈 때에 비해 돌아올 때
허망하게 짧은 것이 길이다.

*

단 한 번 시간을 멈추게 하는 기적이 일어난다면
그대를 만난 첫 순간을 택하리라.

68

찰나인 것이 사랑이라고? 천만의 말씀,

더디 낫는 걸 알기에 상처로부터 도망치고 싶었다.

*

사랑은 양동이로 쏟아 붓는 태양처럼 매순간을 타오르게 한다.

어떤 과거를 끌어대거나 극적인 미래를 동원한다 해도

지금의 희열과 바꿀 수 없다.

69

더러워진 벽을 본다. 한때는 저것도 찬란한 새것이었을 터,
누구나 시작은 순백이다.

70

도착을 눈앞에 두고 비행기가 회항하기를 바랐던가.
오랜만에 집으로 돌아와 비로소 말할 수 있게 되었다.
이제 겨우 당신을 여행한 것 같다고.

71

떠나는 자보다 꿈꾸는 자가 아름답다는 말은 거짓말,
꿈꾸는 자보다 떠나는 자가 아름답다는 말도 새빨간 거짓말.

72

지독한 고통으로 몸을 바꾸지만 자연은 불편한 방법은 쓰지 않는다.
안부를 물을 틈조차 없을 만큼 봄이 짧다는 걸 안 후 더욱 숨차게 흘러가는 생.

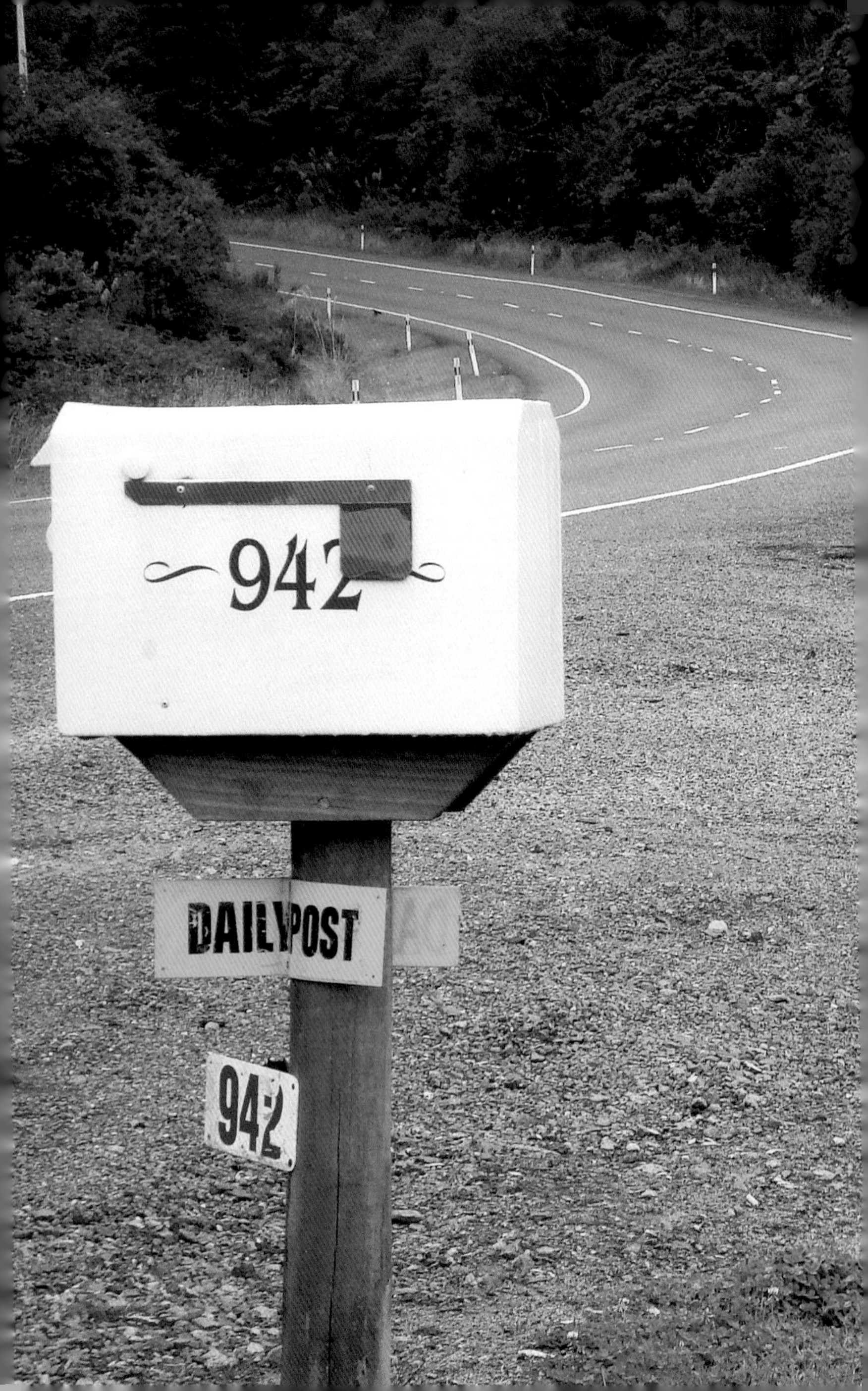
942
DAILY POST
942

73

벚꽃이 지고 나면 영산홍이다. 숱한 실연의 상처로 얼룩진 순정을 잃은 저 유치함과 천박함,
나는 언제부턴가 신이 왜 저 같은 색을 만들었는지 궁금해 하지도 않는다.

*

애초 그를 통과하지 않고 건널 수 있는 해협이란 존재하지 않았다.

74

이별이 아니어도 태어나는 순간, 우린 이미 섬이다.

*

1분의 만남으로 천일의 고통이 따른다 해도 택할 수밖에 없다면

그건 운명이다.

75

내가 그를 만난 것이 여행이었듯 그도 나를 만난 것이 여행이었기를.

*

비밀은 죄가 아니다. 거짓이 죄다.

\# 76

됐다. 한 계절 꽃으로 살았으니 그걸로 됐다.
잃은 것 때문에 절망하고 있다면 잘 생각해 보시라.
잃은 것 외엔 모두 얻은 것 아닌가.

77

너를 보내고 누군가 세상에서 단 한 사람은
완전무결하게 행복해야 한다는 신념을 굳혔다.
너의 내일이 나로 하여금 조금이라도 위로가 되고
많이 아프지 않기를….

78

웃음이든 눈물이든 고이면 밖으로 내보내야 한다.

*

그가 떠나고 거짓말 같은 날들이 흘러가고 있다.
그것이 슬프냐 하면, 전혀 슬프지 않다는 것이 슬프다.

79

지금 당신은 어떤 마음으로 창밖의 빈 가지들을 보고 있는지.

이제 우리의 생도 바람이 불고 눈이 내릴 것이다.

80

미친개는 불행을 모르는 법, 사람도 마찬가지.

두려워 말자. 미치는 일.

81

끝점까지 가 보지 않아도 알 수 있구나.

잊기 위해, 다 버리기 위해

그토록 끌어안았다는 걸.

82

아름다운 문장 앞에서 왜 또 고통을 어루만지는 걸까.
밤새도록 뭔가를 고백하고 싶었지만 길을 잃었다.

83

밤이 지나면 아침이 오듯, 명암이 있다는 건 한쪽으로 치우치지 말란 것이겠지.

*

심장은 터질듯 차오르고 몸은 천만근 돌덩이를 지고 걷는 듯,

이별의 증상은 이렇게 시작되었다.

84

창자까지 쓸쓸한 날이 있다. 로맨틱한 영화에 빠져 있을 때,

뒤꿈치를 들고 살금살금 그가 오는 상상을 할 때,

와인 맛이 특별할 때와는 조금 다른.

85

막차가 떠나 버린 빈 정거장을 서성거리는 남자의 초라한 어깨를 보았다.

철 지난 재킷과 낡은 신발이 지금의 내 모습 같았다.

금세 사라지는 것이 있는가 하면

영원히 지워지지 않는 것도 있다.

86

태풍의 눈을 가진 거울 바다, 참 장관이었지.
더도 덜도 아닌 딱 그만큼만 격렬해 보고 싶다던 너.
그런 순간이 다시 올까. 바닥까지 뒤집어지는 날이.

87

푸른 눈물의 의미를 되새긴다.
언젠가는 익숙한 것들과 헤어지는 순간이 오겠지.
물건이든 사람이든, 영혼까지도.

88

깜쪽같았다. 자는 척하다 잠든 것처럼, 이별인 것처럼 하다 이별한 것이다.

세상에 내 편은 하나도 없고, 눈 깜빡하는 사이 실낱 같은 희망마저

손을 흔들며 멀어져 갔다.

89

허접한 몸이 정신을 이끈다.

사랑이 식고 태양빛이 대지에 떨어지는 속도가 현저히 낮아지는 시간,

길을 잃어본 자는 안다.

으스름 허공의 길이 얼마나 심란하고 막막한지.

90

다시 아름다운 죄를 생각하며 어제 일처럼 그날을 떠올렸고, 오래 먼 곳을 바라보았다.
죽을 만큼 목이 말라도 지금 나는 당신을 건널 수 없다.

91

비는 그쳤고 하늘은 개일 것이다. 사랑이 부재할 때도 일상이 빛날 수 있다면.

*

상처를 꽃으로 오독하지 말 것. 파티는 끝났다.
이별보다 고통스러운 건 여전히 아무 일도 일어나지 않는 것.

92

무엇을 장담한다는 건 다른 가능성을 부정하는 것, 아울러 독단과 오만이란 걸 알겠다.
가변과 불변 사이, 시공을 건너 영혼을 움직이는 힘, 본심을 비틀어 까칠하게 굴면
마음이 불편하다는 걸 알았으니 이제 다른 선택은 없네.

G.R.GAMBELL

FLAT·1
163

93

시도 때도 없이 난상토론을 했던 그때는 정신을 압도하는 어떤 힘이 있었다.

지금도 기억한다. 살면서 걸어 본 가장 오래되고 길었던 길이

그대에게서 멀어지는 길이었음을.

94

세상이 뒤집어져도 여전히 꽃은 아름답다.

허망하여라, 금세 사라질 것을 쫓느라 생의 대부분을 탕진해 버렸으니.

그러고 보니 우리는 오래 전에 닫힌 문이었구나.

95

얼마나 어리석은가.
언젠가 죽음에 이른다는 것은 알았지만
사랑이 끝나리라는 것은 몰랐으니.

96

곧 괜찮아질 거라 위로는 말자.

세상은 인도 바라나시 뒷골목의 가짜 약처럼 효험 없는 약뿐이니.

*

주검이 부드럽게 스며들기를 바라며 고양이를 묻었다.

팔이 없어 안아 주지도 못하는 슬픈 그림자처럼

하늘 한 번 쳐다보고 깊어지기 위해 아파야 했던 날들도 함께 묻었다.

봄이면 그곳에 새싹이 돋을 것이다.

97

익숙해지는 것이 두렵다. 욕구, 시간, 과거 혹은 미래라는 추상,
저무는 사람의 뒷모습을 보는 일처럼 스러지는 꽃의 저녁을 배웅하는 일은 쓸쓸하다.

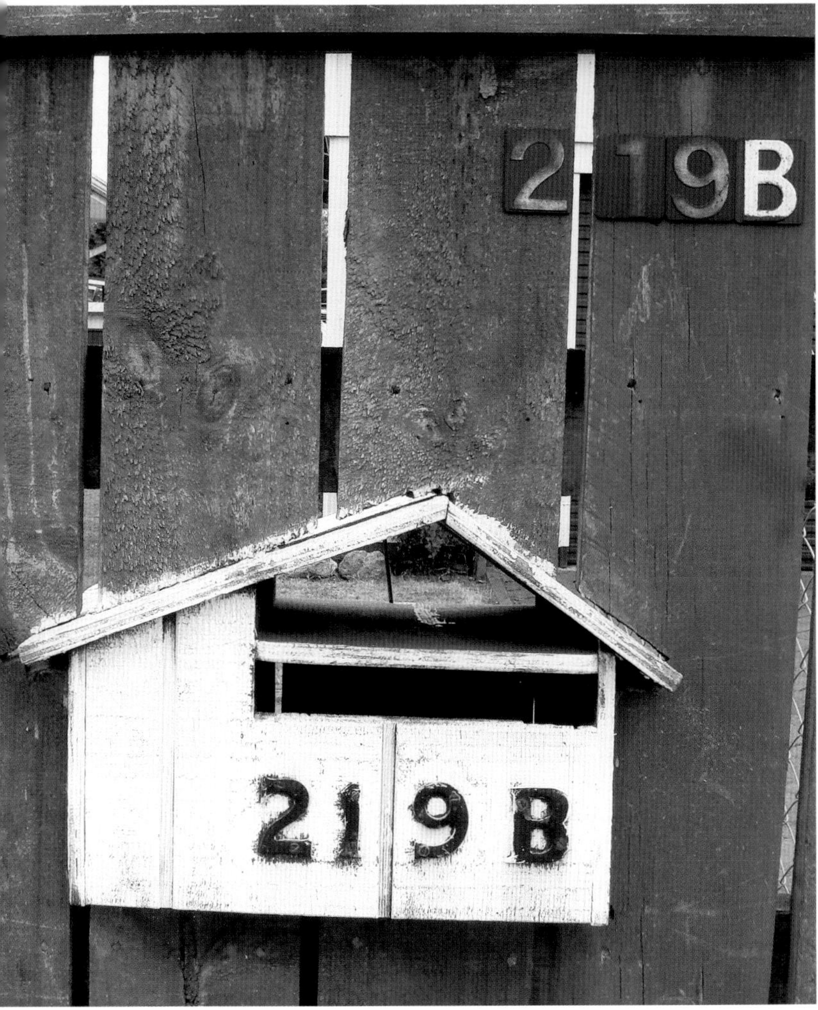
219B
219B

98

거두절미, 오직 사랑만이란 것이 존재할까.
그럴지라도 더러는 의심해 봐야 하지 않을까.

Post ✉ Standard

99

강과 해와 바람과 나무와 함께 가더라도

끝내는 혼자 간다는 걸 알겠다.

*

가을이다.

몰래 와서 내 곁에 앉았다 가도 좋으련만….

1

에필로그

＊ 이야기 하나

언제부턴가 우체부가 우리와 무관해지면서 기다림으로 인한 생의 작은 기쁨도 사라졌다. 한데 뜻밖이다. 까마득히 잊고 지낸 인주빛 편지통의 로망을 추억하게 한 섬나라 뉴질랜드. 지난겨울 캠퍼밴으로 4천 킬로미터를 달리면서 다양한 삶의 편린들을 편지통을 통해서 본 것이다. 다 같지만 모두 다른 그림들, 편지통에는 우리가 꿈꾸던 목가적인 풍경을 배경으로 그들의 소박한 삶이 고스란히 담겨 있었다.

우연한 일이었다. 한 번의 여행으로 천 종이 넘는 편지통을 수집할 수 있었던 건. 자동차 여행이 아니면 꿈도 꿀 수 없는 일이지만, 뉴질랜드가 아니라면 이 또한 이룰 수 없는 일이다.

풍경의 일부가 되어 버린 편지통을 프레임에 담는 동안 실핏줄에 번지던 온기를 설명하는 일은 불가능하다. 길모퉁이에서 집 나간 주인을 기다리는 우편물을 보는 것만으로도 꼴깍 침이 넘어가곤 했으니까.

정주자와 유랑자의 공통점은 누군가를 그리워한다는 것이다. 나도 편지를 쓰고 싶었다. 무슨 도시 몇 번지가 아니라 범골이나 살구골로 보내는 들꽃 같은 편지를.

구름이 뛰어가는 고만고만한 들판을 지나 언덕을 내려설 때, 우체부가 나무 그늘에 앉아 소풍 나온 아이처럼 빨간 볼 가득 미소를 머금고 도시락을 먹는 낭만적인 풍경을 만났을 때, 아무리 시대가 변해도 그에게 집배원이라는 직업을 빼앗으면 안 될 것 같다는 생각이 들었다. 그 여행에서 나는 또 몇 장의 엽서를 썼는지 기억이 없다. 빨간 편지통, 세상에 이보다 따뜻한 상징이 또 있을까.

＊ 이야기 둘

스무 살 전후, 도시생활이 시작되면서 시골 청년과 편지를 주고받을 때가 있었다. 나는 눈만 뜨면 숨 가쁘게 달려가는 도시의 일상을 전했고, 그는 자연의 소소한 변화를 편지로 보내 왔다. 가령 "오늘은 보리밭가에서 보리피리를 불었다거나, 나무하러 산에 갔다가 콧잔등을 벌에 쏘여 피노키오가 되었다거나, 흙벽에 걸어 놓은 작업복에도 아카시아 꽃향기가 배었다거나…." 아련한 이야기이지만 그때 우리는 들꽃처럼 순정한 필명을 썼던 것 같다.

나를 웃음 짓게 한 건 그만이 아니었다. 일주일에 한두 번 오는 우체부의 인상이 영 마음에 안 든다며 아무래도 고갯마루를 넘다가 편지를 뜯어 보는 것 같다는 말도 전언했다. 하여 언제부턴가 편지봉투에 우리만 아는 암호와 일련번호를 제안을 했고, 받는 편지는 어쩔 수 없지만 보내는 편지는 우체부에게 부탁하지 않고 자신이 직접 읍에 가서 부치기로 했단다.

집에서 읍까지 편지를 부치러 가는 왕복 2시간은 완전히 바보천치 아니 실성한 사람이 된다고 했다. 이유인즉 자신의 편지를 받고 기뻐할 한 여자를 생각하면 들꽃을 봐도 웃게 되고, 상수리 나무에 앉아 우짖는 새에게도 말을 걸며, 남실거리는 인동꽃 향기가 어느 여자의 향기처럼 좋아 죽겠어서 실실거리게 된다는 것이다. "편지봉투를 속주머니에 감추고 고갯마루를 넘나들며 듣는 뻐꾸기 소리는 왜 이리 짠한지, 누가 이런 나를 엿보기라도 한다면 완전히 맛이 간 놈이라 했을 거야." 이 한 줄에도 행복해 하는 여자가 있다는 걸 그는 알고 있었다.

지금도 소쩍새가 울거나 개구리가 합창할 때가 되면 기억의 외나무다리를 건너 나를 찾아오는 진한 추억의 향기, 암수 개구리가 붙어 있다는 이유만으로 발로 걷어차는가 하면, 잠투정하는 것들 더욱 놀라게 고래고래 고함지르며 재를 넘어 편지를 부치러 가던 백치 같은 한 남자, 그리워도 안 그리운 척 오고 가는 봄, 지금 그는 어느 낯선 곳에서 누구에게 편지를 쓰고 있을까. 전에 못 다 쓴 답장, 여기 짧은 엽서로 대신한다.

2009년 망포마을에서
김인자